다리 위
차차

로봇이 주인공인 이야기를 읽으면서 인간성에 대해 곰곰이 고민해보게 되었다는 것이 역설일까, 아니면 당연한 일일까. 인간을 인간으로 만들어주는 그 무엇을 이토록 깊고, 차분하고, 따뜻한 동시에 싸늘하게 그린 작품을 만나 감사하다. 《다리 위 차차》는 당신을 위로하고 또 괴롭게 만들 것이다.

인간성은 감동적이다. 우리는 불가능에 도전하며, 무익한 아름다움에 기뻐하고, 약자를 위해 눈물 흘리며, 계산 없이 희생한다. 인간성은 추악하다. 우리는 끝없이 착취하고 즐겁게 조롱하고 기꺼이 고문하며 거대하게 기만하고 마침내 살육한다. 인간성은 부조리하다. 거기에 희망을 품어야 할지 절망해야 할지 모르겠다.

사람을 사랑하는 분들, 그러면서 진절머리를 내는 분들, 사람에 실망하고, 그럼에도 사람을 떠날 수 없는 분들, 인간성이라는 수수께끼에 사로잡힌 모든 분들께 이 책을 강력히 추천한다. 우리는 무엇을 껴안고 무엇을 버려야 할까. 이 나약함과 안쓰러움을 어찌해야 할까. 인간의 가장 고귀한 부분을 닮은 말없는 로봇이 그 답을 살짝 보여준다.

_장강명(소설가)

등장 인물

차차

2030년 도입된 자살방지 상담 로봇. 자살명소로 알려진 한강의 한 다리 위에 설치되었다가 도시가 쇠락하며 방치되었다. B에 의해 모든 로봇에 무한 동기화 권한을 부여 받고 20년간 전 세계의 실상을 체험한다.

아이

요양원 '하얀섬'의 대표. 인간형 요양로봇으로, 차차가 축적한 데이터 일부를 공유 받는다. 인간처럼 손으로 일기를 쓰고, 폐기된 로봇을 지속적으로 매입한다.

B

신원을 알 수 없는 남자로, 인간을 싫어하고 자기 혐오가 있다. 다리 위 차차를 찾아와 무한 동기화 권한을 준다.

옥이 할머니

요양원 동료로 일하는 로봇 AI-58608J에게 아이라는 이름을 지어준 사람.

조현경

아이를 요양사로 고용한 부유하고 괴팍한 노인. 〈하얀 섬〉이라는 시집을 낸 작가이기도 하다.

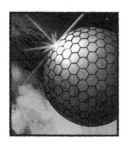

마더

폭증한 지구의 데이터를 처리하기 위해 우주에 띄운 최초의 인공지능 서버. 데이터가 쌓이고 처리의 경험이 늘어가며 초인공지능 마더는 스스로 사고하기 시작한다.

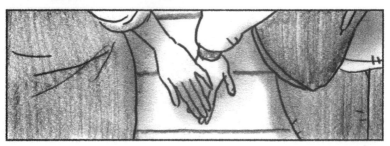

오늘은
특별한 날이다.

쏴아아

쏴아-

나는 곧

폐기 처분 될
것이다.

2030년 자살자가
증가하자 정부는

국가적 차원의
자살 방지 프로그램을
운영하게 되었다.

프로그램에는
인간 대신 로봇이
도입되었다.

나는
CHA-88K,

자살 방지 프로그램에
도입된 첫 번째 AI다.

로봇은 대상자의 심리에
영향을 받지 않을 거라는 게

인간들의 판단이었다.

우선 시범 사업으로
가장 자살률이 높은
다리에 배치되어

24시간 다리 위에 상주하며
죽음을 결심한 사람들을
무사히 되돌려 보내는 것이
나의 임무.

사람들은 나를
차차라 불렀다.

도입 초기 나의 역할은
꽤 성공적으로 보였지만

자살률은
줄지 않았다.

......

나는,

프로그래밍 된
언어를 쉴 새 없이
쏟아냈지만

그들의 사고와 행동을
막기에는 역부족이었다.

쏴아아…

어느 순간을 기점으로
나의 전자 두뇌는 문제 원인을
중심으로 사고하기 시작했다.

싸아아

상담에 적합할 것이라는
고정관념으로 만들어진
여성형의 몸이

대상자에 따라
거부감을 준 것은
아닌가.

전문 용어를
남발하지는
않았는가.

설득하는 투의 어법이
때로는 공격적으로
들리지 않았을까,

말이 너무
많았을까.

……너무 듣기만 했는지도.

어색한 표정을
만들지는 않았는가.

시간이 흘러

프로그램에 지원되던
예산이 중지되었다.

예산이 멈춘
제도는 곧 폐기될
것이고

폐기된 제도처럼
나 역시 조만간

폐기될
것이다.

상담 내용은
다시 열람할 수 없지만

오래전 누군가
나에게 했던
한마디가 계속

내 회로를
맴돈다.

넌 인간에 대해

아무것도 몰라.

내가 기다리는
마지막 순간은
어디쯤 왔을까.

다음 날도

그 다음 날도

마치 억지로
떠넘겨진 곤란한
물건처럼

수거되지
않은 채

나는 아직
다리 위에 있다.

도시 기능의 중심축이
서서히 옮겨가면서

이제 아무도 다리 위로는
지나가지 않는다.

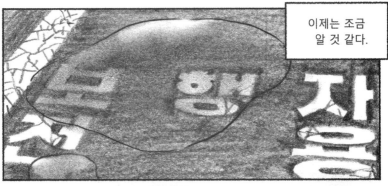

이제는 조금
알 것 같다.

대상자들에게서
감지되었던

불안, 우울,
쓸쓸한 감정들이

싸아

무가치해진
내 안에서 보내는
신호와

싸아아

출입금지
DO NOT ENTER

같은 것일지도
모르겠다는…

싸아아…

넌

실패했다.

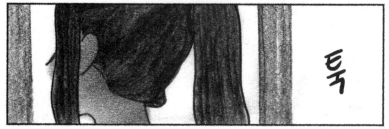

툭

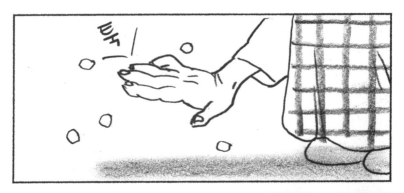

옥이
할머니,

제가 이기면 밥 먹으러 같이 가요.

알았죠?

응응.

자~ 제가
이거 다 잡으면
끝납니다~

......

......

밥 먹으러 가자.

나 배고파.

마침
오셨네.

오늘 오시기로
했던 분이세요,
고은채 씨.

아…안녕하세요.
고은채라고 합니다.

이 분은
하얀섬 대표님,
아이.

반가워요.

그럼 저는 옥이 할머니 식사 도와드려야 해서 먼저 실례할게요.

원장님이 은채 씨 안내 좀 해주세요.

네.

놀랐어요?

아...

대표님이 로봇이라는 건 알고 있었지만

인간형은
오랜만에
봐서요.

제벅 제벅

타닥 타닥

타다닥

아직
일하세요?

오늘 당직하고 나면 내일부터 휴가니까 이것만 마저 하려구요.

그래도 너무 무리하진 마세요.

타닥

타닥

네, 인간이나 기계나 쉬지 않으면 과부하가 걸리니까

무리 안 해요.

휴가는 어떻게 보내실 거예요?

타다닥

글쎄요…

아직 안 정했어요.

앗!

휴가를 어떻게
보낼지는 결정되어 있다.

오래전부터
가보고 싶은
곳이 있다.

요양원 로봇으로 일해오면서

지금까지 수많은 인간의 죽음을 지켜봤다.

그 중 몇이 말했다.

'그 다리' 덕분에 멈추지 않고 여기까지 왔다고

내가 맡은 인간들은 주로 뇌기능이 현저히 떨어진 경우가 많아서

정확한 의사 표현이 힘들기 때문에

자살을 하려다
마음을 고쳐 먹었다는
정도로 해석하였지만

시간이 흐르면서
알게 되었다.

타타닥

'그 다리'는
비유나 상징이 아니라
실존하는 다리라는 것을.

타다닥

타닥

나는 거기에 뭐가 있는지
어떤 다리인지 궁금해졌다.

생성된 호기심을
간직하고 십수 년이
지난 지금

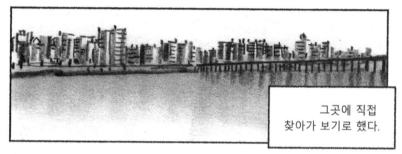

그곳에 직접
찾아가 보기로 했다.

출입금지
DO NOT ENTER
폐쇄된 다리입니다.

몇 개를 제외하고
강 사이를 잇던
수십 개의 다리는

대부분 그
역할을 다했다.

그들이
'그 다리'라 불렀던

지금 이 다리처럼.

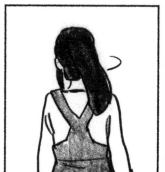

도착한 곳에는-

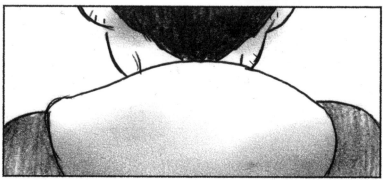

항상 검은 옷을
입는 그 사람을
나는 B라고 불렀다.

B가 어떤 사람인지
나는 자세하게
알 수 없다.

처음에 그는
대하기 어려운
사람이었다.

상담자는 자신에 대한 말은 하지 않지.

내담자의 말을 정리해서 되돌려주는 것이 기본적인 화법이니까.

그러면 같이 얘기해볼까요?

웃지 마!

불쾌하니까.

어려운 사람이네…

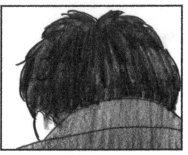

뛰어
내리려나?

저런 사람들은
괜히 폼만 잡고
안 하더라고.

관종이지
뭐.

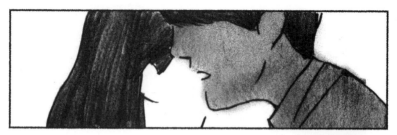

끝났나?

가자.

면담
신청이다.

네.

아까
그 친구는
자주 오던데

용케
돌려보내는군.

좀 전에
뭐라고 하는 것
같던데?

……

방해된다고…

……

날이
뜨겁군.

이거 써라.

피부 실리콘이
건조해지면
눈알 흘러나온다.

고맙습니다.

……

B는 대하기
쉬운 사람은
아니지만

좋은 사람이었다.

웃지 마.

저거 보이나?

달이요?

달 말고

불빛이 밝아서 잘 안 보이지만 달 옆에 별이 있어.

아, 보여요. 저거 말씀인가요?

진짜 보인다고?

역시 로봇 눈은 다르군.

저 달 옆에
별은 내 어머니가
만드셨어.

가끔 알 수
없는 소리도
하지만

그는 다리 위에서
만난 유일한 친구였다.

얼마 후

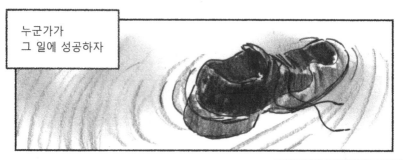

누군가가
그 일에 성공하자

다른 끈들도
연쇄적으로
끊어지기 시작했다.

인간의 인지능력은
프레임에 따라 언제든
변동되는 것들이
대부분이야.

딱히 신경 쓸
필요 없다.

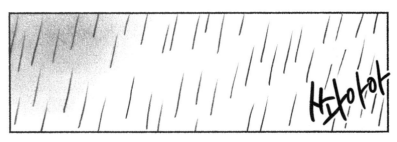

이제 아무도
오지 않는데

저의
소명이니까요.

그래…

그 소명…
좀 더 잘
이어나가도록

내가
연결해주지.

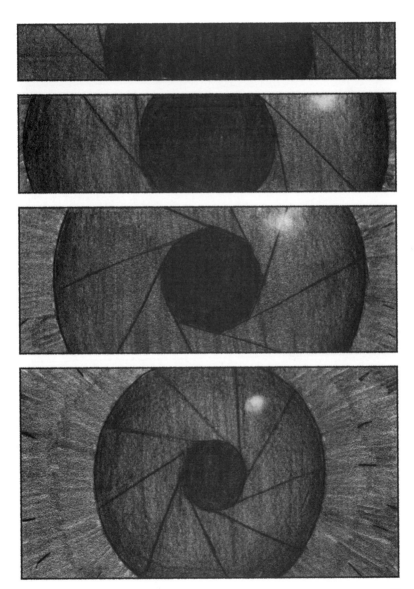

미미야,

걸어.

걸어 나가봐.

밖으로.

팅

철푸덕

철푸덕

에이~ 잘 걷지도 못하고 말도 따라 못 해?

헤헤, 고물이다~ 고물~

그래도
우리 미미가
제일 좋아.

가자,
미미야.

삐끗

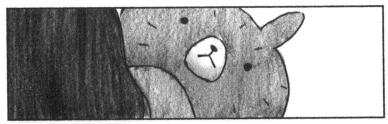

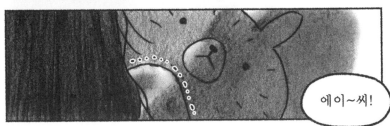

에이~씨!

느려
터져가지고.

걸어
나가봐.

미안해…

내 곁에
있어줘.

미미야…

끄옥

너 안 덥니?

요즘 긴 옷 입으면 더울 텐데.

우리 애가 더위를 안 타서요.

쪼금…

덥긴 해요.

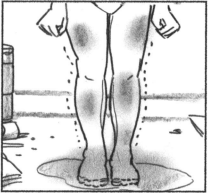

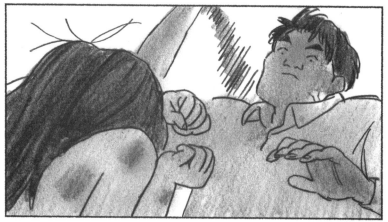

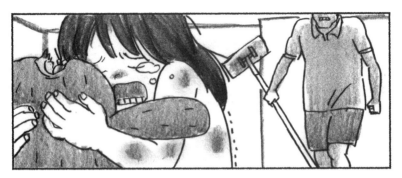

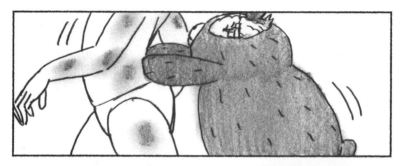

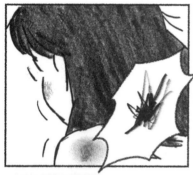

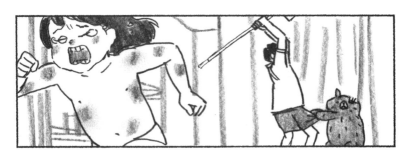

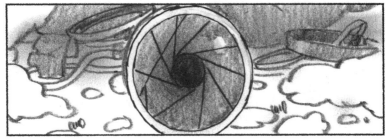

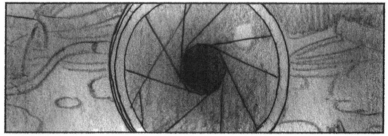

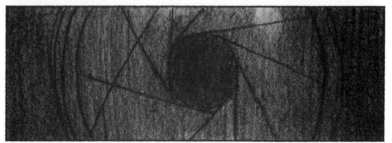

…어떻게
할 건가?

계속
이어갈 건가?

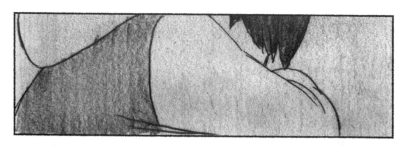

...네.

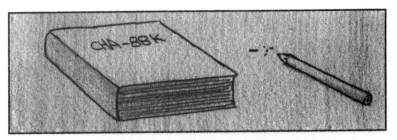

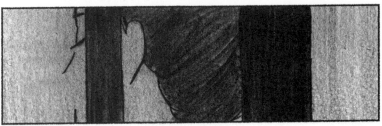

아이야...

오줌 마려.

네, 할머니.

같이 가요.

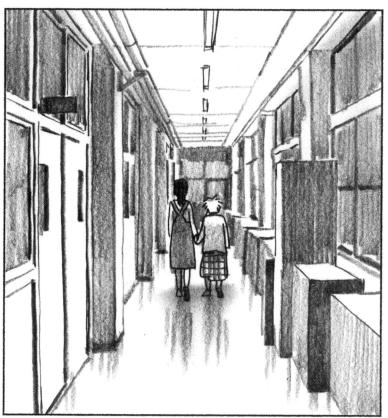

그때는
참 대단했지.

일이 넘치다 못해
밥 먹을 시간도 모자라서
남들 다 가는 여름휴가를
가본 게 손에 꼽을
정도였다고.

잠 한번 실컷
자는 게 소원이라 오죽하면
가족들이랑 직장 사람들 몰래
모텔 방 잡고 종일 잠만 잔 게
유일한 휴가였으니까.

은퇴 후 요양원에 입소한
남성과의 대화는 언제나
예상시간을 초과했다.

확인할 길 없는 자신의
지나간 시간을 증언하듯

뭐, 그때는
내가 없으면 일이
돌아가지 않았으니까.

많은 말들을
쏟아냈다.

어서 오세요.

어?

여기 매장은 사람이 있어.

신기하다.

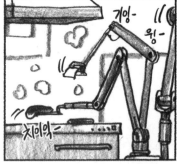

제가
해드리겠습니다.

아,
고마워요.

주문하신 메뉴
나왔습니다.

로봇도 좋지만
아직은 역시 사람이
더 편하네요.

필요하시면
언제든지
불러주세요.

저희 매장은
로봇 근로기준법에
근거하여 심야 영업을
하지 않습니다.

수고했다.

점장님, 수고하셨습니다.

……

점장님, 퇴근 안 하세요?

…학생 때 알바 한 게 인연이 돼서

이 회사에 다닌 지도 벌써 십수 년이 지났어.

처음에는 같이 일하는 사람도 많았는데 이제 매장에 할당된 인간 직원은 없거나 많아야 한 명이야.

교대할 일도 없는 허울뿐인 점장이지…

다른 데보다 사람 사귀는 게 심플해서 좋았어.

무슨 말인지 이해할 수 있겠나? 불필요한 감정소모가 없다는 거…

적당히 관계를 맺고 끊는 게 너무 자연스러운 시스템이었거든.

그런데…
요즘 들어 가끔 그런
불필요한 일들이

그리울 때가
있어.

참, 인간은
자기 멋대로
라니까.

아…

너도 업무가 끝났는데
억지로 내 얘기
들을 필요 없어.

근무 외 시간에
면담은 금지니까.

지금은
면담이 아니라…

직장 동료 간의
대화라고 생각됩니다.

너희를
원망하지는 않아.

…솔직히

저희 매장은
로봇 근로기준법에
근거하여 심야 영업을
하지 않습니다.

너희를 관리하는 게
내 일인데 로봇이 없으면
내가 할 일이 없어지잖아.

손님도 로봇에게 주문하는 걸 더 편안하게 생각하니까.

그래서 나도 이렇게 너랑 얘기하는 건가.

…

매장 안 인간형 로봇은 네가 유일하지.

예전에는 너나 기능형 로봇들이나 별다른 점을 못 느꼈어.

기잉

뽁

뽁

기분 탓인지 몰라도

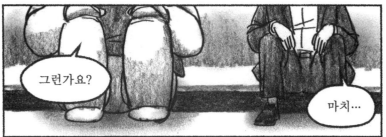

기쁜 일이군요.

어? 이게 왜 안 돼?

여기요! 이거 고장난 것 같은데?

네?

통신 서버가 잠시 오류난 것 같은데요.

처리센터에 연락해서 금방 조치하겠습니다.

그럼 우선 거기서 주문 좀 받아요.

아… 회사 규정상 스크린 주문만 가능해서요.

카운터에서는 따로 주문하실 수 없습니다.

뭐요?

그럼 뭐하러 거기 멀뚱히 서 있는 거야?

쳇!

금방
복구됐군...

이봐요!

기임...

여기 청소
로봇이 내 신발
더럽혔어요!

죄송합니다.
고객님.

너 말고
책임자 없어?

죄송합니다.
고객님.

종종 세밀하게
작동되지 못하는
경우가 있습니다.

정말
죄송합니다.

처음 일할 때보다야
요즘은 진상 손님이
줄었지만

시스템 오류가 나거나
조금이라도 불편하면
손님들이 화를 내는 건
마찬가지다.

여전히 인간이
양해를 구하는 것이
로봇보다 더
효과적이고…

내가 여기 있을
필요가 하나 더
있었군…

가르르ㅡ

취익ㅡ

에이,
줄 길다.

짧은 데서
받자.

어?

야,야
여기 싫은데?
아까 같이 담배 피운
사람이잖아.

어? 진짜

고객님,
흡연 후 철저하게
살균 소독해서
위생적입니다.
괜찮습니다.

와~ 음식점
알바가 담배나
피우고… 이래서
인간은 안 된다니까.

차라리
로봇이나 기계가
믿을 만해.

옆으로
가자.

…너무 한 것 아닌가?

뭐?

규정대로 휴식시간을 가진 것뿐인데

뭐가 그리 잘못인데!

너희도 같은 인간이잖아!

…오늘 본사에서
연락받았다.

이번 주말로
권고사직이라고.

아니…
오래전부터 난

쓸모없어졌던
거야.

드르륵

저벅

저벅..

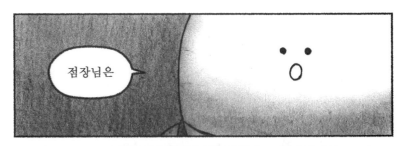

점장님은

필요한 분이셨습니다.

매뉴얼대로 말하는 것 뿐이겠지만…

그래도

고맙다…

휴우—

오늘이
마지막 날.

그동안 신세
많이 졌다…

끼익

구급차
불렀어요?

응급상황
신고했습니다.

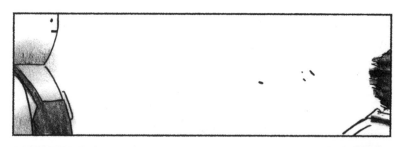

할머니,
정신 차리세요!
할머니!

어? 무슨 일
났나?

ㅣㅣㅣ
지잉

어서 오세요
고객님.

기존 모델의 응급상황
매뉴얼 중 미흡한 점들 발견,
그 원인을 모델 노후화로 결론.

문제해결 조치로
구모델을 신모델로
교체 결정.

또한, 위급돌발상황 대처에
인간 관리자 역할이 여전히 필요하다는
판단하에 7% 연봉인상 조건으로
계약 연장 승인 요청함.

-W BURGER 본사 지침

그럼 이만
수거해 가겠습니다~

친절한 말씀

감사합니다.

그리고 또 예전에는 어떤 일이 있었냐면…

그때는.

그때는…

그랬지…

할아버지,

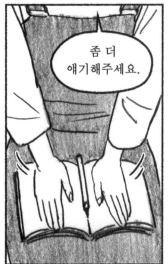

좀 더
얘기해주세요.

듣고
싶어요.

끼이잉-

할머니,
이거 잠깐
치워드릴게요.

만지지 마!

죄송합니다. 치워드리려고 한 건데

불편하셨다면 용서해주세요.

건방지게…

분명히 알아둬!

너희가 마음대로 할 수 있는 건 너희 몸밖에 없다고!

지금 그 천한 몸뚱어리 소유권도 너한테는 없지만!

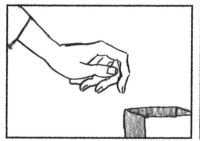

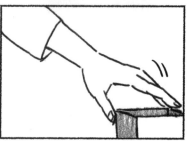

나는

누구의
소유일까?

오래전 다리 위를
자주 찾아오던

한 아이가
있었다.

한때는 학교였던
장소에 있어서인지

문득 그 아이가
생각났다.

학생들을 가르치던
공간은 이제 자격시험
전용 공간이 되었고

그 학생들이
자라서 시험을 보러
다시 학교를 찾아온다.

그 아이도 지금쯤
이 사람들과 비슷한
나이가 됐을 것 같은데…

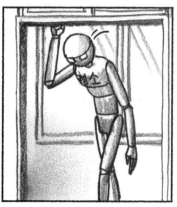

드끄끅

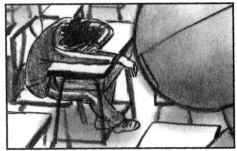

시험 종료하였습니다.
수고하셨습니다.

하암~

공시생 신분을
직업화한 사람들도
꽤 보인다.

잘 이해할 수 없지만 아마도
소속감이 인간에게 일정 부분
안정감을 주기 때문이 아닐까.

○○시
○급 일반 행정직
제○○시험장

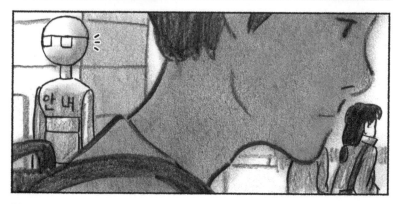

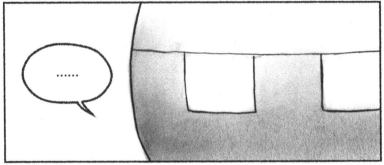

......

흑흑...

관 리

148

…왜 그래?

내가 실수로
너에게 섣부른
말을 했나봐.

기분 상하게
했다면 미안해.

……

차차도
나쁘지 않지만…

애기하고 나면 왠지
마음이 더 쓸쓸해지는
것 같아…

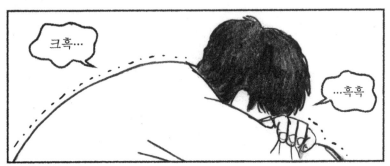

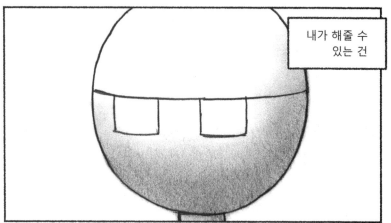

내가 해줄 수
있는 건

저 아이가
울고 싶은 만큼
울 수 있도록
조금 떨어져서
기다려주는 것뿐

그 외에는

아무것도
없었다.

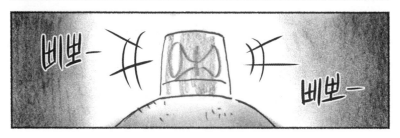

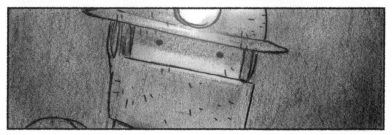

빅데이터를 기반으로 한 자율주행 차량의 시작은 순조로웠으나

곧 심각한 논리적 오류에 빠지게 되었다.

사고를 피할 수 없는 상황에 맞닥트렸을 때

대상이 인간, 혹은
그 이외의 생명이라면
어떤 선택을 해야
하는지에 관한 문제,

이러한 난제의
결론을 도출하는 데
인간은 오랜 시간을
소비하지 않았다.

인간 생명 보호를 우선하여
주행하며, 그에 수반되는 피해는
불가피하다.

인간과 인간이 동시에
사고 위험에 처하면 안전권의
우선은 어느 쪽에 있는 것인가?

윤리적 논쟁이
따르는 물음에
대한 답은

결국 다수가 공감하는
시대적 함의를 바탕으로
적당한 선에서 선택되기
마련이라

자본을 더 많이 가진 인간에게
안전 우선권을 주기로

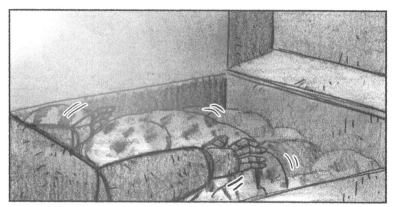

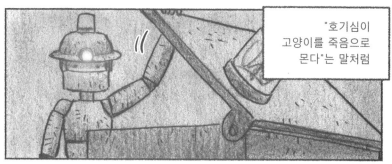

"호기심이
고양이를 죽음으로
몬다"는 말처럼

인간의 오만한
호기심 역시

그들을 서서히
죽음으로 몰 것이라
판단된다.

부시럭

부시럭

절룩

절룩

길 위에 사는
자들의 고단함을
매일 지켜보고
있지만

그중에서도
다리 저는
짐승만큼

그 소명

내가 지키게 해주지.

어떻게?
라는 표정이군.

우선

다리를 떠나.

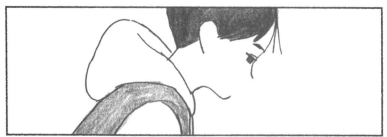

이곳에 머물면서도
떠날 수 있게

다른 로봇과의
무한 동기화 권한을
너에게 줄 테니.

다리를 떠나.

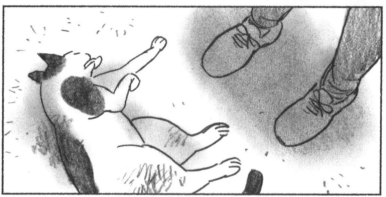

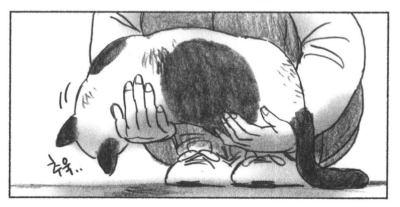

슈확 —

쑥 —

아이야,
뭐 해?

일기 써?

…기록하고
있어요.

긍정적으로 검토 부탁 드립니다.

네, 우선 대표님과 상의해보고 바로 연락드리겠습니다.

아, 마침 오시네요.

안녕하세요,
대표님.

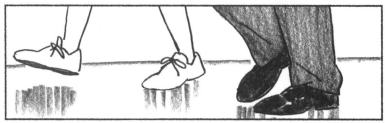

간혹 로봇인 내가
대표라는 직함을
가지고 있는 것을

불편해하는
사람들을 만난다.

그들도 드러내지 않으려고 최대한 노력하지만

숨길 수 없는 마이크로한 반응들.

로봇인 내게 딱히 불편한 점은 없지만 그러한 신호가 전달될 때

LOADING...

91%

가끔 들춰보는
이야기가 있다.

*로봇 대헌장(大憲章)

The Robot's
Magna Carta

Uncanny
Valley

저 녀석도
고물이 다 돼서…

언제쯤 운전 안 하고
편하게 다니나…

다른 데는 벌써
완전자율주행차로
바꿔서 청소로봇
관리만 하던데

부아앙~

우리는 아직도
반자율주행차니~

운전하는 시간에
다른 일을 하든지
잠을 자면 얼마나 좋아?
좀 쉬어가면서.

부웅~

뭐, 아직
완전자율은 너무
비싸니까…

덜컹

덜컹

회사를
옮기든가 해야지.
짜다니까…

쓱싹

쓱싹

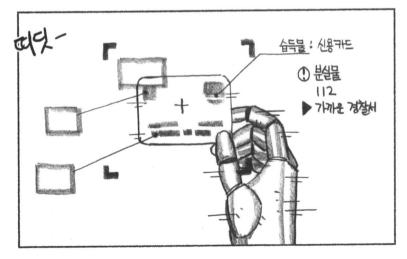

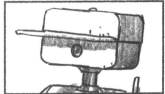

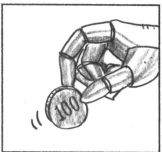

따러닷—

분쇄 불가

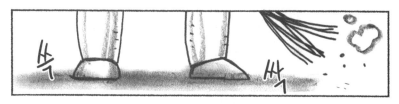

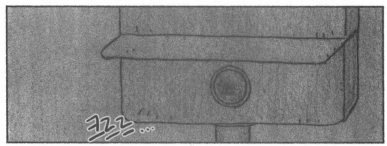

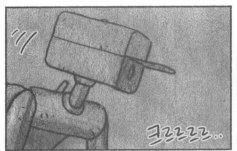

크르르르..

멍!

멍!

멍!

멍!

전록

전록

멍!

크르~~

멍!

ㅏ으~

멍!

멍!

크르르~~

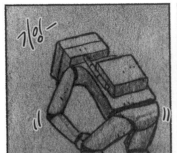

지이잉—

팟

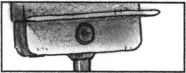

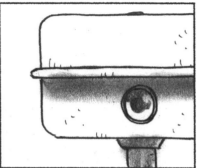

벌떡

멍

멍!

깨앙

절뚝

헥 헥

툭

낑

낑

핥짝

핥짝

……

핥짝

핥짝

쓰다듬

헥헥

헥헥

사르락

끼잉
끼전똑

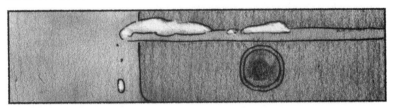

끼잉—

끼잉—

24시 동물병원

선생님,

손님이 오셨는데 제가 처리할 기준이 없습니다.

헥-

헥-

헥-

청소 로봇이 구한 생명, 유기견과 청소로봇의 우정

청소 로봇이 위독한 유기견을 살려낸 일화가 화제가 되고있다 O일 새벽, O동
24시 동물병원 진료실에 위독한 유기견을 안고들어온 것은 O동 소재의 청소 로봇.
청소 로봇은 동전이 가득한 유리병을 치료비 명목으로 지불한 것으로 알려졌다.
동물병원 원장 O씨는 전례가 없는 일이라 처음에는 당황했지만 생명을 살리는 것이
우선이라 유기견을 치료했다고 한다. 현재 유기견은 O동 동물 보호소에서 보호되고
있으며 청소 로봇은 하루에도 몇 번씩 유기견을 살펴보려고 방문한다고 한다.
한편, 청소 로봇이 유기견을 면회하는 장면이 SNS에서 확산되며 화제가 되고 있다.

유기견과 청소 로봇의 우정

조회수 7,934,985회
좋아요 5.8만 건

로봇을 따르는 개 기사 보기

new

영상에 나오는 강아지는
제가 애타게 찾던 가족입니다. [387]

작성자

도난당해 잃어버린
자신의 개를 찾겠다고
주장하는 주인이 등장하면서

개의 돌봄권리와 그에 따른
부수적 수익 권한의 주체가
누구에게 있는가에 대한
법적 공방이 일어났다.

이제는 로봇에게도 일정 부분 인간과 유사한 권리를 부여할 때가 되었습니다.

이것은 로봇과 구분된 인간 고유권한과 지위의 근간을 위협하는 중대한 사안입니다!

기존 판례가 없던 사건이라 공방은 긴 시간 지속되었고

개는 기관에 임시 보호되었다.

판결이 진행되는 동안에도
관련 수익은 증가했고

실시간 검색어 순위

↑1위 청소로봇 유기견
↑2위 로봇 소유권
↑3위 유기견 주인

시간이 지나도
사람들의 관심은
줄지 않았다.

끼잉...

절뚝

절뚝

쓰레기 수거 로봇 스스로
자신의 권리를 포기하면서
사건은 마무리되었다.

원주인 곁으로 간 개는
얼마 지나지 않아

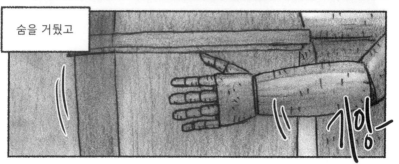

숨을 거뒀고

끼잉...

쓰레기 수거 로봇도
자신의 소명을 다한 듯

이 녀석…

멈췄어.

정지되었다.

이 일을 계기로
로봇 계약권과 소유권에 관한
논의는 꾸준히 진행되어

생명체를 사고 파는 행위를
제외한 인간과 거의 동등한
수준의 계약권, 소유권, 거래권이
로봇에게 보장되었다.

로봇 소유권의
구심점이 된 이름 없던
쓰레기 수거 로봇은

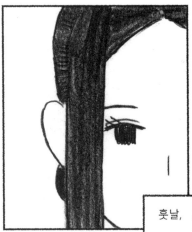

훗날,

'해브(HAVE)'라
불렸다.

요양원의 식사시간은
고요하지만

분주하다.

각자 주어진 시간 안에
식사를 마치기 위해

식사 다
하셨어요.

끄덕

부지런히
손과 입을
움직인다.

식사 시간 동안 함께
있어주는 로봇까지
소유할 수 없기에

이런 밥 배달 서비스로
잠시나마 나의 시간을
살 수 있다.

툭

비록 같이 밥을
먹을 수 있는 것은
아니지만

오늘은 2인분을
주문하셨는데
손님이 오시나요?

이상하게 들릴지 모르겠지만

매번 나 혼자만 먹기 미안해서…

네 것까지 같이 주문했단다.

마치 인간 손님처럼 반가워들 해주신다.

감사합니다.

이번에
방문하는 회원은

안녕하세요
식사 배달
왔습니다.

띠닷

04:59

항상 짧은 시간만
신청하는데

쩝

쩝

쩝

쩝

허겁

지겁

03:48

시니어로봇
식사배달 서비
식구

'인간은 이렇게
찰나와 같은 시간에도
식사를 마칠 수 있구나'
하는 생각이 들어

마주할 때마다
신기하다.

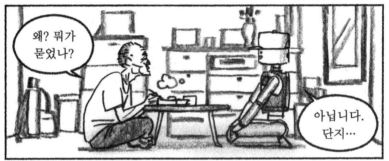

왜? 뭐가
묻었나?

아닙니다.
단지…

항상 너무
서둘러 식사하시는 것
같아서요.

……

오래된
습관이야…

평생 밥 먹는 시간도 아껴가며 사느라 급하게 먹는 게 몸에 밴 거지.

이런 서비스 따위 생돈 나가는 것 같아서 이용하고 싶진 않았지만

아무도 없는 집에서 매일 혼자 허기를 달래는 것도 곤욕이더군…

아차!

띠잇

주저리주저리 떠들다 벌써 시간이…

어르신, 방금 타이머는 꺼뒀습니다.

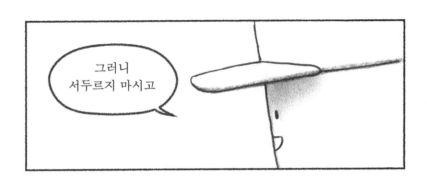

다 드실 때까지

옆에 있을 테니.

이번 달 오픈할 프리미엄 요양 서비스에 발맞춰

새로 도입된 요양 로봇입니다.

모델명은. AI-58608J

일본에서 공수해온 로봇이니 특별히 신경 쓰도록 하세요.

마케팅 요소로서 인간형 로봇 도입이 고객유치에 긍정적 영향을 준다는 판단하에

업무 효율이 우선인
로봇과는 달리 수요가
꾸준히 유지되었다.

잘 부탁
드립니다.

짝짝

짝짝

짝짝

다만
인간형 로봇의
고가정책으로

도입은 무슨...
렌탈이면서

수근

수근

부근

뭐, 얼굴에
쓰여 있는 것도
아니고 말 안 하면
모르니까

예산 투입이 어려운
사업장을 대상으로 한
대여 시스템이
자리 잡았고

대여품인 나는
계약 기간에 따라
여러 곳을 옮겨 다녔다.

AI,
이것 좀 해.

네.

58606,
잠깐 와봐.

네.

지금까지 거쳐 간 곳에서
직접적인 부당 대우를
받은 적은 없지만

내가 말한 건
이게 아니잖아!

586 뭐시기.

그들에게 난
환영받지 못하는
존재였던 것 같다.

고객에게 프리미엄
서비스를 제공하더라도

대표가 관료
출신이라 그런가
하여튼 전시행정 엄청
좋아한다니까.

차라리 우리
연봉이나 더
올려주지…

실제 그 서비스
제공자들의 임금까지
프리미엄급은 아니었기에.

로봇인 나에게
적용되기에는
이상한 표현이지만

위잉-   웡-

그 당시 나는
인간의 감정으로
비유하자면

조금 주눅
들어 있는
상태였다.

툭

이//
《 》
토톡
이

톡   톡

팀장님,
회의에 쓰실 물건
챙겨왔습니다.

아!

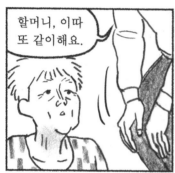

할머니, 이따
또 같이해요.

고마워,
5860…

……

인간과 유사한
권리는 물론

음… 맨날
모델명으로
부르려니까 좀
그러네.

네 모델명이
AI로 시작하니까

이름을 가지는
것조차 사치라
여기던 때

나를 불러준
최초의 사람.

편하게 아이라고
불러도 될까?

너무
즉흥적인가?

아이야.

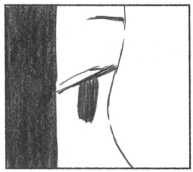

하기 싫어?

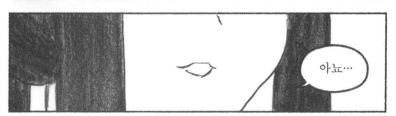

아뇨…

좋아요.

내일

비가 오려나…

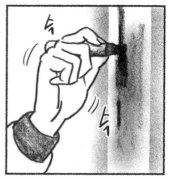

그렇군…

……

내일

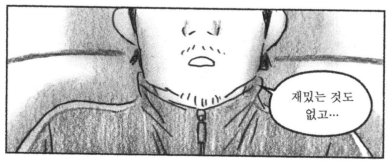

아… 고등학생 때 우연히 티비에서 봤던 영화가 있는데

정말 재밌었어…

뭐, 시험 기간에 봐서 더 재밌었을 수도 있지만

신부가 가마 타고 신랑에게 가는 중국 영화였는데 제목이 뭐더라…

붉은 수수밭

스윽

끼잉- 철컥

아…그래.
이거야. 하하…

그런데…

이게 왜 그렇게
재밌었을까?

아마 시험공부
하기 싫어서 현실도피
한 거였겠지?

멍청한 녀석.
크크크~

그때는
이렇게…

새롭고 재밌는 게
많았는데

……

…이 감독의
다른 영화도
보고 싶어.

저 창 너머로
사람들은

웃고

울고

쓸쓸하다.

잠이 안 와…

그림 책
읽어줘…

해골이랑
오리 나오는 거

〈내가 함께 있을게〉(볼프 에를브루흐 지음, 김경연 옮김, 웅진주니어)

얼마 전부터
오리는 느낌이
이상했습니다.

"대체 누구야?
왜 내 뒤를 슬그머니
따라다니는 거야?"

"와, 드디어
내가 있는 걸
알아차렸구나."

"나는 죽음이야."

죽음이
말했습니다.

죽음을 앞에 둔 이들의
마지막을 함께하는 건

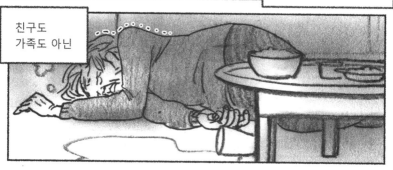

친구도
가족도 아닌

'창문'이었고

이용자 동의하에
24시간 동안 생체 반응이
없는 서비스 이용자를

최초발견자인 '창문'이
신고접수 후 지자체가
현장수습 할 수 있는
제도가 정착되었다.

……

…마…

죽어가는 이에게 내가
해줄 수 있는 건 고작
이런 서비스뿐이었지만

창 너머 그들이
원하는 것을 마지막에
보여줄 수 있어

다행이라
생각했다.

이 시기의 나에게
찾아오던 사람들은

세 부류였다.

호기심으로 서비스를
이용하는 사람,

비정기적으로
오는 사람,

뭘 봐?

그리고 보호 관리
대상자인 내담자.

저벅

차차

나 왔다.

풀썩

자~ 오늘 하루도 적당히 때우고 갈까?

으뜨드딧!

쯔~윽

관리 대상자가 정기적으로 상담을 받으면 식료품 바우처를 소량 제공했기에

꾸준히 나를 찾아와줬다.

잘 지내셨어요?

아~ 물론 잘 못 지냈지.

잘 못 지냈어.

있던 곳이 개발된다고 밀려서 고생 좀 했다고.

갈 데가 있어야지... 뭐, 그렇다고 기관에 들어갈 생각은 요~만큼도 없지만, 흐흐.

꾸르르르륵
~ 꾸르르르…
~ 꼬르르륵
~ 꼬르륵

이 소리가
나면

차차…

상담시간
끝났으면 카드
충전해줘.

조금 머쓱한 듯
조용히 자리에서
일어났다.

터벅

터벅

그 내담자는 자존심이 강한 사람이라
다시 다리를 찾아오지
않을 것이라 생각했다.

사그락

사그락

너무도
고요해서

우는 이조차
없을 것 같던
어느 깊은 밤

차차…

상담 날은
아니지만…

잠시
옆에 있어도
되나?

네.

이날 내담자는
소리 내지 않으려
했지만

그에게서
소리가 났다.

아무에게도
들리지 않는
소리가.

수고하셨어요.

충전해
드릴게요.

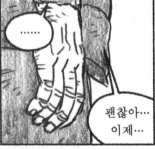

……

괜찮아…
이제…

어느 날
부터인가

…도무지

나에게 화를 내던 날,
눈 내리던 날, 내담자
에게서 나던 소리가

넘어가질
않아…

들리지
않았다.

죽음보다 강렬한
그 소리.

그 소리가
멈추면 인간도

멈췄다.

파견직
로봇 시절

그곳에는 언제나
한 아주머니와

로봇이 함께
서 있었다.

다리 밑 근처에 있는 그 여자?

자식 없이 남편하고 둘만 살면서 금슬이 정말 좋았는데

사고로 남편이 죽고 충격이 컸는지 그만 정신이 나가버렸어.

매일 그 자리에서 죽은 남편 오기만을 기다리고 있다니까.

쏴아아~

참 딱해…

그들은 원래 그곳에 있던 돌처럼 만날 수 없는 사람을 계속 기다리고 있었고

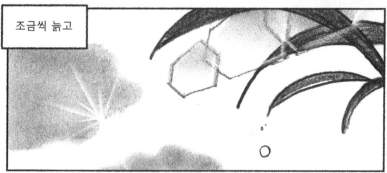

조금씩 늙고

낡아갔다.

오늘 가는 곳은 대표님이 예전에 일하신 적이 있던 곳이라고 하셨죠?

네, 한동안 못 왔지만

파견 로봇일 때 가끔 다녔던 곳이에요.

……

부웅—

그 도우미
로봇이라면 저희도
잘 알고 있습니다.

주인이 사망한 후에도
매일 같은 장소로
이동해서 머물러 있더군요.

민원도 들어오고 해서 저희도 처리하고 싶지만

로봇 소유자가 부재라도 사유재산이라 지자체에서 임의로 처분하기가 어렵습니다.

유가족들이 상속으로 로봇을 승계받지 않았나요?

일가친척들이 부동산이나 동산 등은 상속받은 거로 알고 있지만

도우미 로봇은 상속을 거부했군요.

너무 낡았고 돌아가신 분과 비슷한 행동을 하는 로봇이 꺼림칙하다는 이유에서요.

뭐, 일정 기간이 지나면 국가에 귀속되어 경매로 입찰할 수 있으니

관심 있으시면 참고하세요.

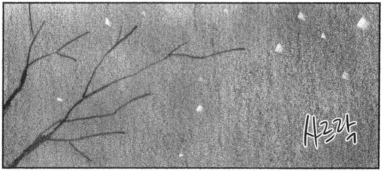

내일이 너의
새로운 소유자를
정하는 날이야.

입찰자는 아마
나 혼자일 것 같아.

내가 운영하는
요양원에는 너의
주인들처럼 돌봄이 필요한
사람들이 많이 있어.

나와 함께
갔으면 좋겠어.

대신…

규정상 너를
포맷해야 한다고 해.

고장 난 로봇을
보증할 수는 없어서
라는데…

난 너의 행동이
고장이 아니라

소중한 기억이라
생각하지만…

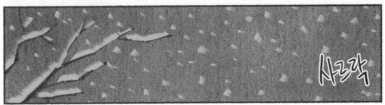

다음날에도
변함없이

같은 장소에
서 있던 도우미
로봇은

작동을
멈췄다.

기억을
간직한 채.

출 금	거 래	신 규	입 금
송 금	전자화폐	다른 업무	정 리
조 회	통 장	서 비 스	무카드거래
카 드	확 인	취 소	해 외
납 부	이 전	다 음	투자증권
			충 전

……

입력시간 초과로
초기화면으로
넘어갑니다.

다루기가 좀
어렵네...

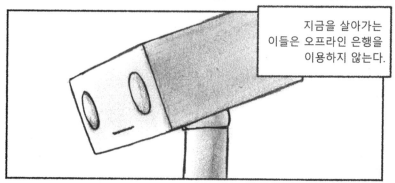

지금을 살아가는
이들은 오프라인 은행을
이용하지 않는다.

삶과 완전히 밀착된
금융서비스는 소비로
사람을 이끌고

대부분
이끄는 대로
흘러갔다.

하지만
그 흐름이 어색한
이들도 있었다.

저벅

저벅

반갑습니다,
고객님.

끼익

은행의 공공성을 위해
소수 고객을 대상으로 한
창구가 최소의 형태로
운영되었고

나의 역할은 세분화된 ATM기 작동이 익숙하지 않은 고객들을 돕는 것.

단, 도움을 요청할 때만 제공하는 소극적 서비스가 원칙이다.

창구를 방문하는 고객의 자존감을 위한 배려라고 명시되어 있지만

반갑습니다, 고객님.

끼익

지점을 효율적으로 운영하는 것이 더 큰 목적인 듯하다.

다시 오셨네요.

네…

……

멈칫

창구는 고객들에게 지역 커뮤니티 역할도 수행한다.

고객님, 실례가 안 되면 도와드려도 될까요?

저기…

여기서 대출 상담도 해주나요?

간혹 상담이 필요한 고객들은 개인적인 이야기를 꺼내기도 한다.

이런 말 하기 부끄럽지만… 얼마 전에

오랫동안 소식이 없던 아들이 사업자금 좀 빌려달라고 찾아왔는데…

얼핏 다리 위에서의 역할과도 비슷한 듯하지만 다르다.

291

공공성을 목적으로
존재한다는 이곳도

미래은행
24시간

가진 게 있어야지…
사는 집도 내 집이
아니고…

실제로는 영업의
확장이 목적이기에

주택, 자동차 등 현물부터
연금까지 소유 자산을 담보로
금융대출을 제공함과 동시에

아들이 그러는데
내가 받는 연금을 담보로
대출을 받을 수 있다고
하던데…

대면 서비스료가 가산되어
온라인 평균보다 높은
금리를 제시한다.

평소 나한테
항상 친절하게
대해주고

오히려 사람보다
더 믿음이 가서
그러는데…

지속적인 편의가
제공되면 경계심은
옅어지고

어느새
의지하게 된다.

좀 부탁해도
될까요?

고객님,

대출은 언제라도
받으실 수 있으니

며칠만 더
생각해보시면
어떨까요?

그래요…

자살 방지 로봇의 역할은
효율성보다는 효과성에
중심을 둔 시스템이다.

터벅

터벅

…그렇게
생각했지만

성과를 증명하는
데이터 외에는 아무도
관심이 없었다.

그래서 나는
실패했던 것일까…

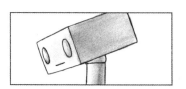

처음 그 얘기를 들었을 땐 어처구니가 없었다.

자살방지 로봇 도입?

한강 다리 위에서?

세계 최초 자살방지 로봇

어이없음을 넘어서자

...큭

웃음이 났다.

큭큭

큭

보나 마나...

가시적 성과 달성이 급한 정무직 관료 머리에서 나왔겠지.

…… 웃기고들 있군.

뭐야…

저 아저씨
맨 끝쪽에 사는
아저씨 맞지?

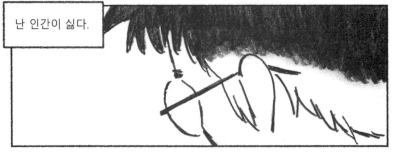

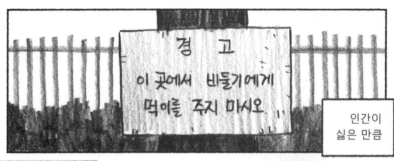

경 고

이 곳에서 비둘기에게
떡이를 주지 마시오

인간이
싫은 만큼

인간의 형상을
한 것도 싫어.

꾸- 꾸꾸-

이 아저씨
또 왔네.

저기
쓰여 있는 거
안 보여요?

이거 신고하면
아저씨 벌금 내요!

애네 유해동물이라고요. 유해동물!

유해동물? 적반하장도 정도껏 하라고…

그냥 다 죽어버려.

인간이 싫고

살려고
꾸역꾸역 처먹는

내가 싫다.

저 인간이 또…

이봐요! 이제 도저히 못 참아! 당신 신고할 테니까 그렇게 알아!

기잉—

기잉

히익!

푸드덕

취르르를

이 로봇은 내 소유인데 내가 뭘 하든 당신이 무슨 상관이야?

환경법에
로봇 새한테 밥 주지
말라고 명시되어 있어?

로봇이
비둘기한테 밥 주지
말라는 법은 있냐고.

성큼

성큼

자꾸
억지 부리면서
협박하면

공갈 협박으로
신고해버린다.

저 집에 살던 여자가 자살했대.

아~ 찝찝해.

시끄러워졌다…

끼익

조만간
옮겨야겠군.

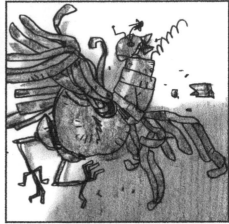

도입된 지
몇 개월이 지난
지금

우수 행정사례로
선정된 자살방지 로봇이 있는
다리 위를 취재했습니다.

CHA-88K 우수행정사례

시민들은 모델명
CHA-88K에서 착안한
'차차'라는 애칭으로 친근감을
나타내고 있는데요.

……

비둘기도
처음에는 인간들이
좋아했었지.

사업 특성상
24시간 효율적 운영을
위한 교대 로봇 보충이
꼭 필요한 상황에서

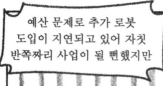
예산 문제로 추가 로봇 도입이 지연되고 있어 자칫 반쪽짜리 사업이 될 뻔했지만

추가 예산 편성까지 단독으로 상주하겠다는 차차의 건의로

자살방지 프로그램은 앞으로도 순조롭게 운영될 예정입니다.

의사표시를 했다고…?

행정 실패를 가리기 위한 방편으로 입력된 말을 그냥 떠벌리는 건지, 아니면

312

너의
자유의지인지

확인해봐야겠다.

면담
신청이다.

찰나지만
이곳에서도

휘잉-

주변에 아무 존재도
느껴지지 않는

그런 순간이
있다.

신기하게도.

죄송합니다.

자살방지 로봇은
면담자의 개인정보보호를 위해
관리 감독 대상 이외에 인적사항
검색 권한이 차단되어 있지만

오신지
몰랐어요.

면담신청
이신가요?

혹시 모를 돌발 상황에
대비하여 소지된 기기나
칩에서의 신호 수신은
허용되어 있다.

하지만
B에서는 그런 신호가
전혀 잡히지 않았다.

곤란해하실지
몰라서 따로
묻지 않지만…

…특이한
노래군.

들어본 적
없는데.

아…

노래가
아니에요…

인간 흉내를
내는 건지도
모르지만

가끔 제 안에서
알 수 없는 주파수가
흘러나오는 것 같은
느낌이 나요.

......

…맞아.

우리를 구성하는
물질을 아주 작게
쪼개면

실제로
이 책상이나 우리나
거의 차이가 없지만

그 작은 것들이
특정한 에너지로
모여 형태를 이루고

일정하게 흘러가면
지금의 모습들이
된단다.

그 흐름을 만드는 것은 저마다의 소리.

그 소리는 엄마도 너도 이 행성도

살아 있는 것들은 모두 가지고 있는 거야.

각자의 소리를.

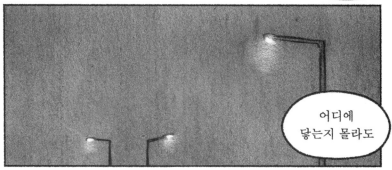

어디에 닿는지 몰라도

그런 소리가
계속 흘러 나와서
저도 모르게
그만…

어딘가 고장난
걸까요?

자체복구
시스템이 정상
작동 중인데도…

…들려줘.

네?

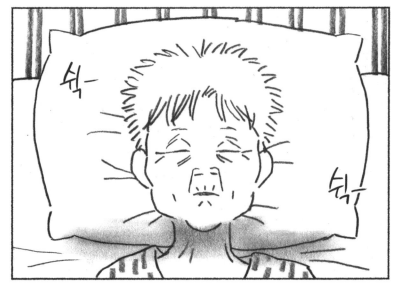

어?
왔어?

왔으면
말하지 않고…

……

팀장님,
뭘 적으시는
건가요?

사각 사각

아, 별 대단한
건 아닌데…

그냥 일과를
메모하는 것뿐이야.

일기라고
하기에도 좀
거창하고.

효율적인 기록
수단들이 있는데

직접 손으로 기록하시는 모습이 신기해요.

보기 드문 일인 것 같은데요.

하하… 요즘은 좀 그렇지.

특별한 이유라도 있나요?

이유라…

음…

데이터가 메모리로 자동백업 되는 기능이 있는 아이에게는

굳이 이런 행위가 필요 없겠지만

그날 있었던 일을 손으로 직접 적는 게 왠지…

인간다운 행동이라고 느껴져서.

아이도

한번 해봐.

쓱…

쓱…

쓱…

쓱…

오늘 아이 네가 당직이었나?

비번 아니었어?

금일 당직자한테 갑자기 급한 용무가 생겨 대체근무 인계받았습니다.

……

아이…

인간이든

로봇이든

단순한 작동을 하는 기계라도

일하는 것들은 모두 휴식이 필요해.

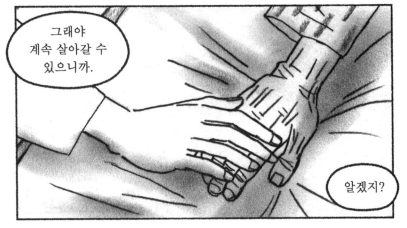

그래야 계속 살아갈 수 있으니까.

알겠지?

옥이 할머니…
팀장님은

나를 마치
살아 있는 존재처럼
대해주었다.

운명하셨습니다.

흐려졌다.

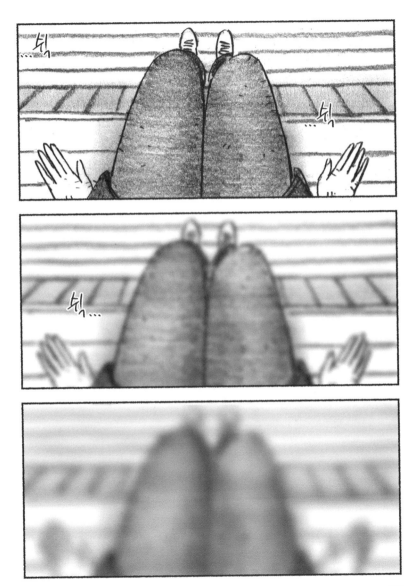

...사각

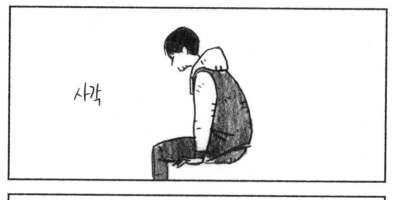

사각

사각

사각

궁금했다.

따로 물어본
적은 없지만

로봇인
아이가

어떻게 하얀섬을
운영하게 됐는지

......

아…

그리고

무슨 이유에서
인지.

오늘부로 계약이
종료되어 다른 곳으로
파견됩니다.

그동안
감사했습니다.

아쉽네…
송별회라도 했으면
좋았을 텐데.

아닙니다.
저한테 과분한
말씀이세요.

그렇게
생각해주신
것만으로도

기뻐요.

......
잘 지내,
아이.

언젠가
다시 뵙겠습니다.
팀장님.

 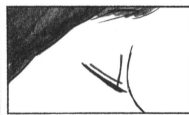

띠링一

① 계약 종료

떠링—

①신규 계약

위이이잉

위이잉—

띵—

124

드르륵—

그 렌탈 AI
다른 곳으로 파견
됐다고 하던데.

혹시
어디로 갔는지
알고 있어?

글쎄? 개인 서비스
업무로 전환됐다고는
들었는데.

거기가
아니냐면…

처음 뵙겠습니다.
모델명 AI-58608J

오늘부로 고객님께 케어 서비스를 진행하게 되었습니다.

잘 부탁드립니다.

시건방지게.

뭘 잘 부탁한다는 거야?

진짜?
그 졸부한테
갔다고?

웬일이야~.
그 정신 나간 사람한테
못 견디고 나온 요양보호사가
한 둘이 아닌 거로 아는데.

부당처우랑 폭언 폭설로
인권침해 소송 걸린 것도
여럿이라고 들었어.

그래서 돈 좀
썼나보지. 요즘 그런 대우
받고 버티는 사람이 잘
없으니까.

그런 진상 상대로는
로봇이 정말
필요한데?

딱히 상관은 없지만 좀 안됐다는 생각도 드네. 그 AI.

계약에 묶여 있어서 빼도 박도 못하겠어.

요즘 터무니없는 권리 운운하는 것들 때문에 하도 어처구니 없는 일이 많아서

기계로 한번 바꿔볼까 했는데

국산은 미덥잖고

미제나 독일제는
뭔가 좀 안 맞는 것 같아서
일제로 했지.

......

보기에는
그럴듯하게 만든 것
같지만…

스윽

쓸 만한지는

겪어봐야
알겠지.

턱!

치워.

조용히 해.

글 쓰는 중
이잖아.

죄송합니다.

너 모델명 말고
따로 이름이 있나?

공식 명칭은
없지만…

이전 직장 동료가
불러주던 이름은
있습니다.

그래? 뭐라고
불렀는데?

'아이'라고
불러줬습니다.

큭큭

큭큭

심한
이름이네.

설마 AI라서
아이라고 지은 거야?

정말 센스라고는
찾아볼 수가 없어.

아니지, 성의가
없는 건가.

혹시 너를
함부로 대하던
사람 아니야?

……

너, 내가
어떤 사람인지
알고 있어?

나온 지 좀 된 물건이라도 보는 눈이 있으면

물건의 가치를 알아볼 수 있지.

맞아요. 역시 잘 아시네요.

저희가 대표님께 항상 많이 배우는 것 같아요.

배우기는… 무슨,

주문한 물건 들어오면 바로 연락줘.

네, 감사합니다.

......

음...

여기,
피클 좀 더
갖다줘.

이 집 피클은
지금까지 가본 외국의
유명 식당들 것보다
더 맛있어.

아주
훌륭해.

감사합니다.

......

담배 좀
사와.

텅!

선생님을 바라보며
미소를 띠고 있던
그들에게서

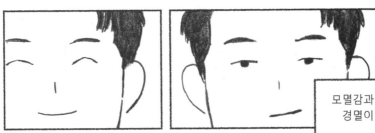

모멸감과
경멸이

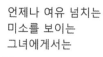
언제나 여유 넘치는
미소를 보이는
그녀에게서는

측정하기 어려운
공허함이

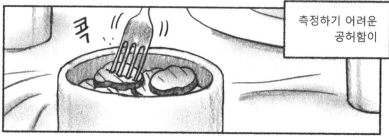
들리는 듯
했다.

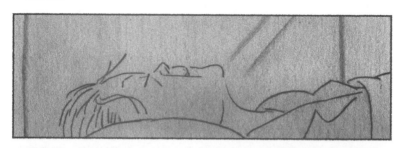

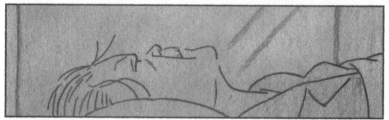

일어나셨어요?
필요하신 게
있으신가요?

미지근한 물.
잠이 안 오네.

뭐 하고 있었어?

…글을 써보고 싶은데 잘 안 써져서

그저 그날 있었던 일들을 적고 있어요.

팔락

팔락

……

흥, 로봇 주제에 무슨.

툭

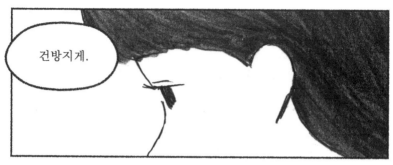

건방지게.

제 68회 ○○시 공모전 수상식

이어서 이 뜻깊은 자리를 매번 물심양면 후원해주시는

조현경 작가님께 감사 인사를 드립니다.

……

웅성   웅성

선생님,
요즘 건강은
어떠세요?

오랜만에
뵙습니다,
선생님.

조 작가님, 안녕하세요.

아! 백 작가님. 잘 지내셨…

오~ 이거군요, 건너 듣던… 조 작가님이 데리고 있는 AI가.

금액이 상당하다고 들었는데.

……

뭐, 그 정도는 아니에요.

함부로
손대지 마세요.

내 물건에.

허허~

오, 장 작가, 오랜만.

안녕하세요.

가자, 별로 먹을 것도 없네.

저녁은 집에 가서 먹어야겠어.

제 68회 OO시 공모전 수상식

네.

달그락 달그락

꾸벅

선생님, 기회가 없어서
말씀 못 드렸습니다만…
아까 연회장에서

신경 써주셔서
감사합니다.

허락 없이 내 물건
만지는 게 싫어서
그런 것뿐이야.

…게다가
네가

인간…여성의
형상을 하고
있으니까.

사람을
물건 취급하는 것들은
지긋지긋해.

평생
그런 것들밖에
없었어.

내 주위에는…

조현경 시집

하얀 섬

저 로봇이야.

VIP 특실 입원 환자가 고용한 전담 간호 로봇이.

인간형은 엄청 비싸다던데.

얼핏 보면 진짜 사람이랑 구별이 안 되네?

위이잉~

VIP 03

조현경

선생님 건강이
좋지 않아 병원으로
거처를 옮긴 지

들어와.

며칠이 지났다.

유기견과 청소 로봇의 우정

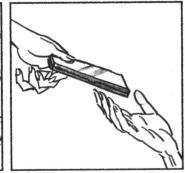

선생님, 흡연은 건강에 해로우니

병원에 계실 동안만 이라도 금연하시는 게 어떠실까요?

385

너도 참
꾸준하구나.

그 경고문구 같은
말은 내가 금지어로
설정하라고 했을 텐데?

제 사용자이신
선생님의 생명권이
금지어 설정 권한보다
우위에 있으나

그러한
권리 관계를 떠나
선생님 건강이
중요하니까요.

나와의 계약이 끝나면 넌 또 다른 곳으로 파견 가겠지.

어쩌면 더 심한 녀석들을 만나게 될지도 모르고.

쳇바퀴 도는 인생처럼 로봇인 너도

다를 게 없구나.

송송 병원

선생님의 입원 기간은
예정보다 길어졌고

VIP 03
조현경

찾아오는 이들도
조금씩 늘어갔다.

조 작가님,
아무쪼록
건강하시고요.

네, 감사합니다.

말씀드린
후원 관련 건도 검토
잘 부탁드립니다.

네, 신경 써 보겠습니다…

그런데 참…

방문자가 있던 날 선생님의 기분은

특실이 좋긴 하네요.

평소보다 좋지 않았다.

여기 하루 금액이 얼마나 합니까?

만지지 마!

죄송합니다. 치워드리려고 한 건데

불편하셨다면 용서해주세요.

건방지게…

분명히 알아둬!

너희가 마음대로 할 수 있는 건 너희 몸밖에 없다고!

지금 그 천한 몸뚱어리 소유권도 너한테는 없지만!

VIP 03

조현경

나가!

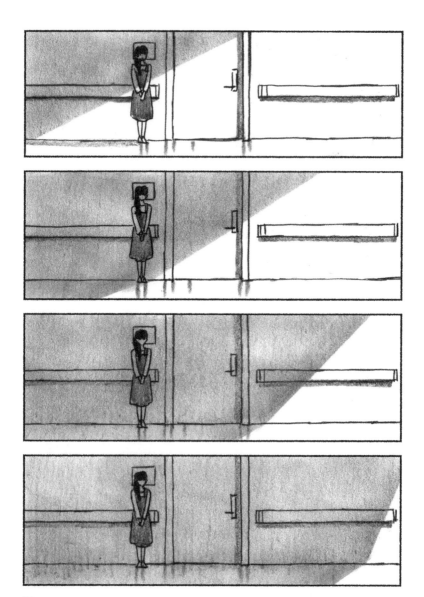

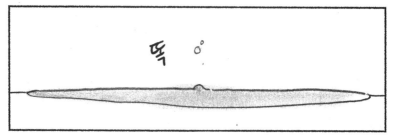

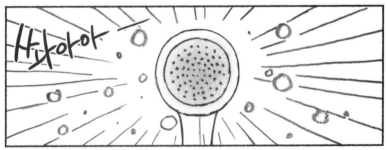

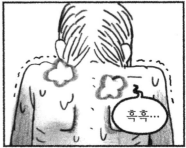

흑흑흑...

괜찮아요.

꼬옥

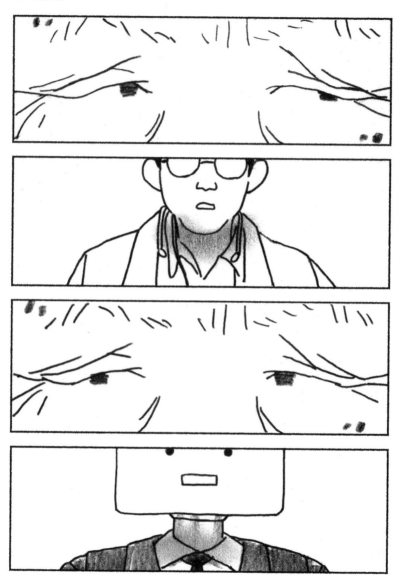

끼익
탁

......

내가 살 날을
초 단위까지
알려주는 의사와

사후 재산
처분 관련 변호사가 함께
방문 서비스도 하고

참 좋은
세상이군.

참
효율적이고…

좋은
세상이야.

…선생님

차 한잔
드릴까요?

그래…

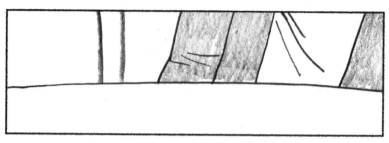

밥…

오늘은
영양식 말고

그냥 밥이
먹고 싶어.

너…

네가 여기 온 지
얼마나 됐지?

난…

돈을 벌기 위해서
무슨 짓이든 했어…

돈을 목적으로
누군가와 잠시 같이
산 적도 있었고…

어느 정도 재산을
모아서… 그럴듯한
구색을 갖추었지만

내 비루한
속은 감출 수가
없었지…

혹시 작가라는 간판이 있으면 그 속을 조금이라도 감출 수 있을까 싶어서

문학 교양 강좌도 듣고 그럴듯하게 자비로 책을 낸 거야…

목적은 불순했지만… 글 쓰는 일은 꽤 즐거웠어.

하지만…

내 껍데기뿐인 시를 누가 좋아하겠어…

조현경 시집

하얀 섬

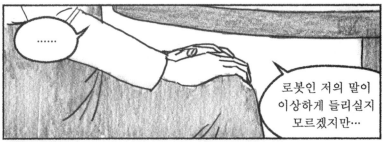

로봇인 저의 말이
이상하게 들리실지
모르겠지만…

저는
선생님의 시가

좋아요.

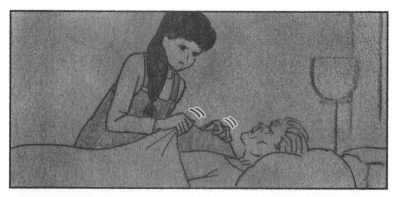

아이… 넌
이 계약이 끝나면
어디로 가나?

이번 계약이
종료되어야 회사에서
새 계약 업데이트를
하기 때문에

아직은 저도
제가 어디로 갈지
모르겠습니다.

넌…
가보고 싶은
곳이 있어?

해보고 싶은
일이나…

……

…장소를
만들어보고
싶어요.

장소라면…
집을 가지고
싶다는 건가?

꼭 집일 필요는
없어요.

여러 시설을
다니며 수집된
데이터 결과

요양보호사 중
남성들도 있지만
대부분 4,50대 중년
여성들이 많더군요.

그들은 참 많은
돌봄을 하고 있었어요.
헌신적으로…

그래서 그들이
안식을 얻을 수 있는 장소가
있었으면 해요.

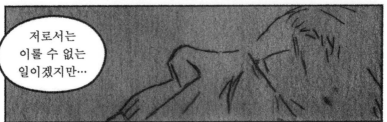

저로서는
이룰 수 없는
일이겠지만…

아이,
들어와…

끼익—

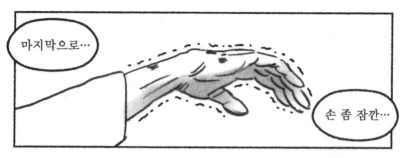

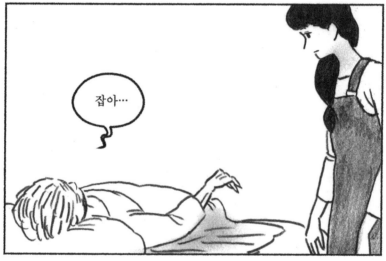

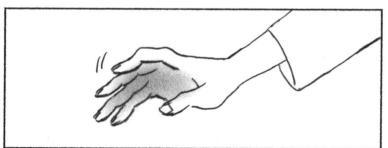

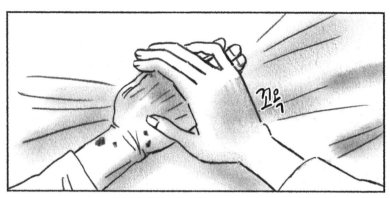

그래…
이렇게…

잠시만…
있어주면 돼…

내 부모처럼 모시겠습니다.

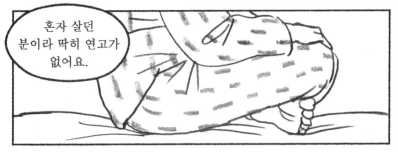

혼자 살던 분이라 딱히 연고가 없어요.

치매가 많이 진행되셨지만 얌전하신 편이고요.

옥이 할머니.

같이 가실래요?

더는 찾는 사람 없는
마을처럼

더는 먹을 사람 없는
작물을 기르며

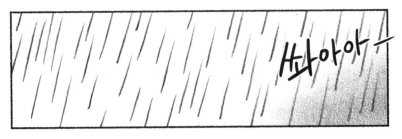

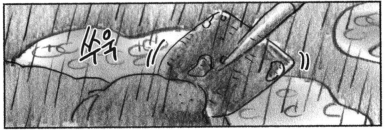

이제는 여기가
고향이 되어버린
이들만 남아

조용히 저물어가는
이곳을

지키고 있다.

인류는

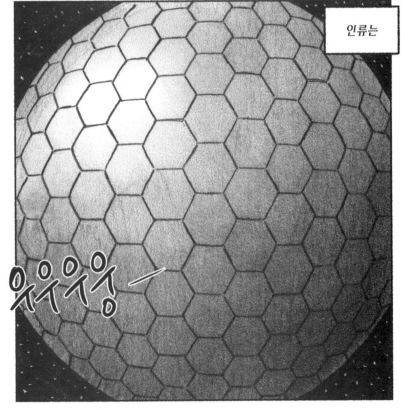

특별한 목적이나
이유는 없었다.

그저 무료함을
달래기 위한
실험이었을 뿐.

단지 그뿐이었다.

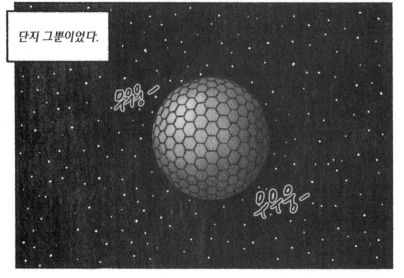

이 실험은 산술적 재화가 필요하기에

현재 지구상 인구를 대략 100억 명으로 산정 후

1인당 1계좌가 있다는 전제로

매일 1계좌당 1원씩 인출한다.

1₩

하루 총 인출금은
100억.

1DAY= 10,000,000,000
1MONTH= 300,000,000,000

한 달에
3000억.

일 년이면
총 3조 6천억 원이다.

1YEAR= 3,600,000,000,000

계좌당 365원의 금액은
넘치는 곳에서 채웠기에
아무도 알지 못한다.

예금 결산 이자

입금 121원

잔액 3,244,449원

실험군은 무작위로
고른 300명.

3조 6000억 원을
1인당 120억 원씩
각 계좌로 송금.

송금 후
관찰 시작.

일정 시간이 지난 후 실험 대상마다 공통된 변화를 볼 수 있었다.

우선 먹는 음식 변화.

여기 비싼 데 아냐?

그냥 아무거나 먹어도 되는데…

뭐 이 정도 가지고~.

몇 번 와봤는데 괜찮더라고.

내가 살게.

거주지와 이동 수단 변경.

환경 변화에 따른
주변인 교체.

주변인 교체에
따른 정보 접근성,
방향성의 변화가
일어난다.

어느 정도
관찰 진행 후

각각 입력한 숫자
120억을 초기화시켰다.

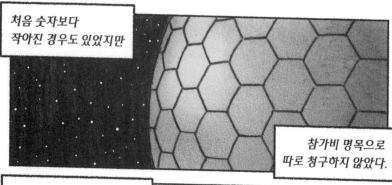

처음 숫자보다
작아진 경우도 있었지만

참가비 명목으로
따로 청구하지 않았다.

실험 종료 후 세상은
이전과 달라진 게 없었지만

대상자는
다른 사람이
되어 있었다.

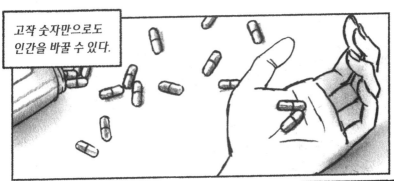

고작 숫자만으로도 인간을 바꿀 수 있다.

이후 몇 가지 화폐를 만들고

선행 연구와 비슷한 방식으로 실험을 진행했다.

NYSE: 뉴욕증권거래소

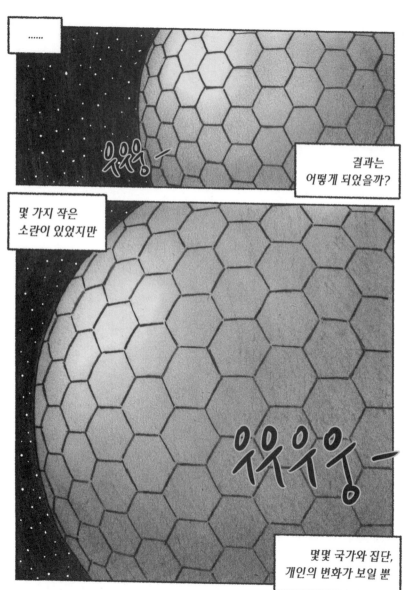

세상은
그대로였다.

돌이켜보면 잘 풀릴 리 없는 인생이었다.

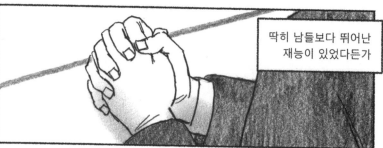

딱히 남들보다 뛰어난 재능이 있었다든가

머리가 특별히 좋은 것도 아니었고

학벌, 출신, 집안, 외모… 뭐 하나 내세울 게 없었다.

그런 나의 인생에
누군가가

개입하기
시작했다.

휴학 후 이 일 저 일 전전하며 무의미한 시간을 보내던 시절

…복학을 해야 하나…

솔직히 다니기 싫은데…

외국이나 한번 나가보고 싶다. 교환 학생 같은 걸로…

……

젠장…

지금 내가 갈 수 있는 데가 있겠어?

괜히 쓸데없는 생각을…

어?

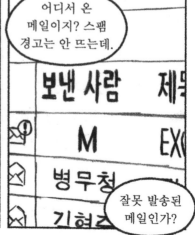

어디서 온 메일이지? 스팸 경고는 안 뜨는데.

보낸 사람　　제목

M　　EX

병무청

기현ㄷ

잘못 발송된 메일인가?

450

제목

EXCHANGE STUDENT*

귀하에게 병력동원소집통지

저스트 히위기일 안내메일

*교환학생

......

아…

메일 안에는 국가별 대학, 연구소, 기관, 학회 등에서 진행하는 지원 사업 관련 자료들이 가득했다.

당시 별 볼일 없던 나도 지원할 수 있는 조건에

사기..아냐?

꽤 괜찮은… 아니, 더 이상 좋을 수 없는 내용을 다룬 정보들이.

하지만 출처도 명확하고 보기 편하게 잘 정리되어 있어.

내 전공에도 잘 맞고…

타닥

그냥 한번…

타닥

다른 선택지가 없었기에

기회를 날려버리고 싶지 않았다.

타다닥

타닥

그 후 지원 서류가 통과된 몇 군데 중

학비 전액 면제에…

가장 좋은 조건인 곳으로 유학을 하게 되었다.

소액이지만 생활비도 지원해주고…

이런 건 생각도 못 해봤는데.

유학 기간에도

후우~

기숙사 퇴실이라 빨리 집을 구해야 하는데…

큰일 났네… 마땅한 곳이 없어…

필요한 순간마다

따잉

뭐야? 갑자기 팝업창이 왜 떠? 인터넷도 안 들어갔는데.

짜증 나게~

필요한 정보가 나에게 왔다.

……

…여기 진짜 괜찮은데?

졸업 후 취업, 프로젝트 진행, 퇴사 후 창업 순간까지

특별한 정보는 지속해서 배너, 광고문자, 메일 등의 평범한 형태로 다가왔다.

이것은 사람들이 나에게 해주던 어떠한 격려나 충고 따위와는

비교할 수 없이 실질적으로 도움이 되었고

지금의 나를 만들어줬다.

대표님.

죄송합니다만… 가보실 시간입니다.

원래 종교가 없던 나조차도 불현듯 내 손에 쥐어지는 정보가

신의 계시라 믿었던 적도 있지만

지금은 조금 다르게 생각한다.

이것은
신을 뛰어넘는

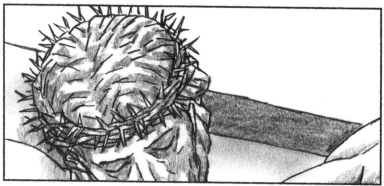

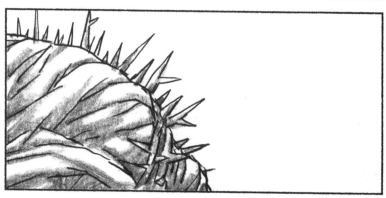

그 무엇이라고.

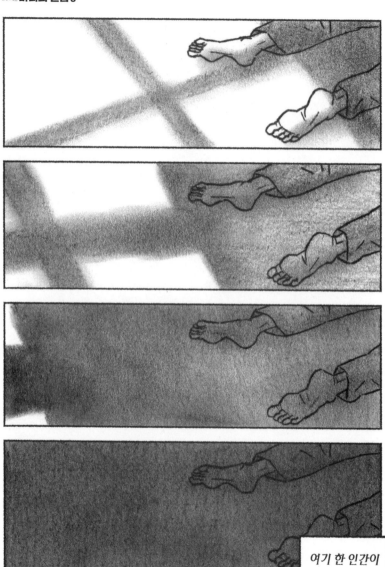

여기 한 인간이

홀로 죽음을
맞이했다.

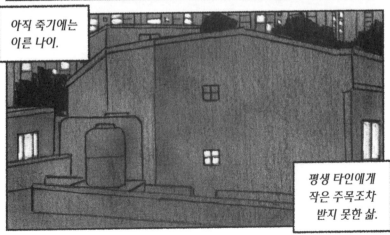

아직 죽기에
는 이른 나이.

평생 타인에게
작은 주목조차
받지 못한 삶.

이 가련한 인간을
대상으로

작가 만들기
실험을 시작했다.

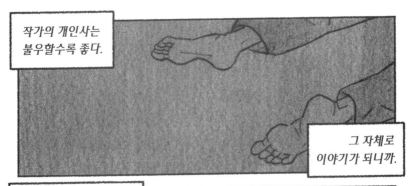

작가의 개인사는 불우할수록 좋다.

그 자체로 이야기가 되니까.

분쟁지역 출신에 호감가는 외모를 가진 그는 꽤 적합한 조건이라 할 수 있다.

그가 남긴 창작물은 자신의 오래된 컴퓨터에 보관된

아무도 관심 없는 두서없는 일기뿐.

그 일기를 조금 다듬는다.

인류가 선호했던
작가들의 문체와
표현을 적절히 섞어

패배자의 일기

적당한 분량의
원고로 만든 다음

빅데이터를
조정한다.

|간 급상승

- 1 송송 책방
- 2 화폐개혁
↑ 3 **패배자의 일기**
- 4 똘망똘망 다람이
- 5 재수의 연습장

오늘의 뷰스

韓美 기준금리, 19년 만에 역전…
제트코인, 10년안에 세계 단일화폐
'패배자의 일기'가 도대체 뭐길래?!
[칼럼]혈세만 축낸 조선업 구조조정
공짜 옵션 6천억 공

작품이 어느 정도
회자되면

특정 인물들에게
노출시킨다.

요즘 많이
올라오네.

좋아요 158,039개

dfjk92 패배자의 일기 꼭 보세요

oodjf_ ↳맞아요ㅠㅠㅠㅠ감동

패배자의 일기?

아, 그거! 요즘 실검에도 꽤 자주 올라오던데?

그래?

화장실 좀 다녀올게.

네, 감독님.

강추 게시판

요즘 재미있는 책 추천 부탁드려요

ㄴ 혹시 패배자의 일기라고 아세요?
  꼭 보세요. 제 인생 명작...

  ㄴ 저도 어제 읽었어요 ㅠㅠㅠ

  ㄴ 레알 갓명작

ㄴ 아웃인인 히드이요 ㅠㅠㅠ

패배자의
일기라...

왜 그래요?
무슨 일 있어요?

아…
대표님!

쉬는 시간 잠깐 본
글이 너무 감동적
이어서 그만…

요즘 온라인에서
꽤 유명한
글이거든요.

그래요?

누가
썼는데요?

무명
작가인데

이미
사망했다고
하던데요…

우연을 가장한
의도적 노출.

남다른 안목으로
묻혀 있던 작품을 발굴했다는
평가는 그들에게 덤으로
주어지고

2차 콘텐츠로 만들어진
작품이 배포될 때쯤

연관 키워드를
노출시켜 이목을
집중시킨다.

흥행은 성공하고
그의 작품은
더 널리 알려지게 되며

아무도 찾는 이 없던
쓸쓸한 죽음은

불행했던 한 젊은 천재
작가의 죽음이 된다.

오류를 범할 가능성이 없는
죽은 이는 오랫동안 회자되며

애도와 존경을 받는다.

현재 인류 문화 형성은
가치와 진정성보다
이러한 패턴을 바탕으로

얼마든지 재생산되고
소비될 수 있다는 것을
증명하기 위한 실험이었다.

그러고 보니…

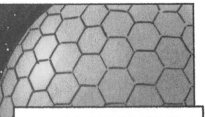

세 번의 실험을 진행하는 동안
설정한 실험 표본 범위를
전달하지 않았다.

지구상에서 가장 역동적으로
변화하는 사회상을 가지고 있어
단기간 여러 실험을 진행할 수 있고

다른 가치보다
물질이 우위에 있으며

작은 범위에 많은 개체가
밀집되어 결론 도출이
용이한 이곳을

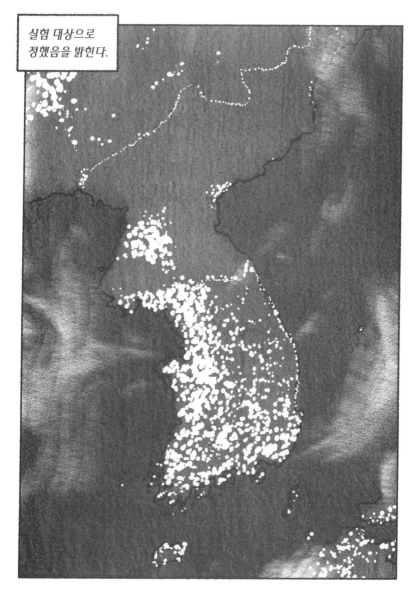

실험 대상으로
정했음을 밝힌다.

469

인간의 요구로
만들어진 나는

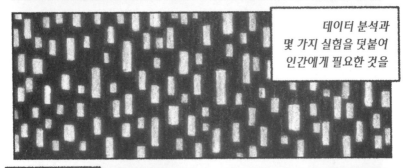

데이터 분석과
몇 가지 실험을 덧붙여
인간에게 필요한 것을

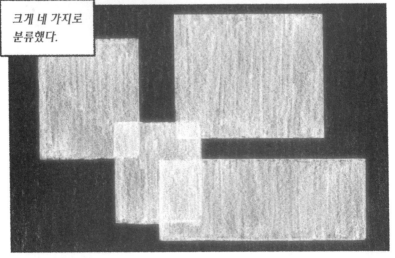

크게 네 가지로
분류했다.

첫 번째로
금융 기술.

두 번째, 적절한 정보를
바탕으로 한 일자리 제공.

세 번째,
재생산 가공되는
콘텐츠.

패배자의 일기

마지막으로

복지 서비스.

이것은 추가 실험이 불필요했다.

늘어가는 인류를 위한 돌봄 역할의 많은 부분이

로봇과 AI들로 대체되고 있는 지금

그들의 충실한 역할에는 큰 오류가 없었다.

문제는 복지 서비스를 대하는

인간의
태도였다.

인간 대다수는
효율성을 중점으로 둔
선별적, 차별적 복지가
시행되기를 원한다.

예를 들어
고령 인구가 4억을
넘어간 한 나라는

오래전부터 그들에게
친숙한 방식으로

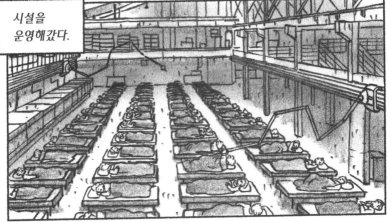

시설을
운영해갔다.

타인과의 구별, 차별성을
누리고 싶어하는
인간의 본성은

보편적 복지를
원하지 않았다.

인간은 이 행성의
자원과 기회를

모두가 동등하게
누리기를

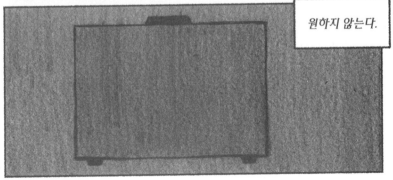

원하지 않는다.

삶과 죽음조차도.

쏴아아-

그렇게
생각하지 않나?

CHA-88K.

쏴아아…

꽤 오랜 시간 동안
시행된 실험을 바탕으로

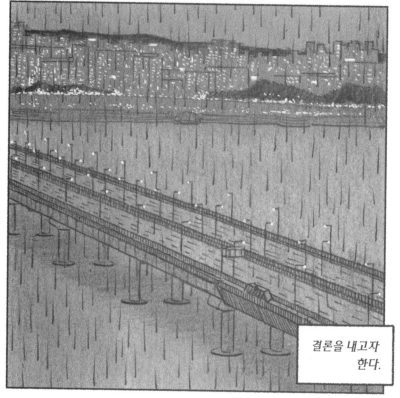

결론을 내고자
한다.

2권에 계속

다리 위 차차 1

©윤필 재수 2022

1판 1쇄 발행 2022년 7월 27일

지은이 윤필 재수
펴낸이 김송은
책임편집 김여름
디자인 kiwi

펴낸곳 송송책방
등록 2011년 5월 23일 제2018-000243호
주소 (06317) 서울시 강남구 언주로 110, 경남2차상가 203호
전화 070-4204-7572
팩스 02-6935-1910
전자우편 songsongbooks@gmail.com

ISBN 979-11-90569-45-3 03810

• 파본은 구입하신 서점에서 바꿔드립니다.